발자국 사이로 빠져나가는 시간

박광영 시집

문학들

대숲을 좋아해 그 속을 물끄러미 들여다보곤 한다. 죽순들이 불쑥 올라오는 때가 있다. 대나무는 땅속으로 뿌리를 뻗다가 어느 한 점에서 순을 터 올린다. 마치 고래가 물을 뿜는 것처럼.

그 순간과 지점을 나는 잘 모른다. 아래로만 뿌리를 뻗어내리고 있다.

두 번째 매듭을 짓는다. 내일은 또 다른 순이 움트길 기다리며.

2022년 겨울에

박광영

차례

제2부

제3부

제4부

제1부

밥과 별과 시

손모내기를 한 적이 있다
논물이 종아리 넘도록 들어찬 개흙 바닥
허리를 굽히고 손을 놀려 모를 꽂았다
흙탕물 위에서도 하늘은 파랬다

논물에 하늘이 담겨 있었으니
그때 별을 박았던 건 아닐까
하늘에 별과 밥을 심었던 그 후로
적당히 먹고 사는 일에 덜 미안했다

밥과 별이 여태 다른 줄 알았다
밤마다 급하게 걸었던 구둣발 자국
밥을 버는 데는 영 소질이 없어,
그 말에 뭉툭한 손가락이 떨렸던 적이 있다

여름 밤새
별 무리 속으로 끌려갈 듯 들여다보고
혹시 밥이나 별이나

가슴으로 우수수 떨어지지 않을까
고개를 들어 올려다보는 것이다

얼굴

상사화 구근을 심었다

뾰족뾰족 올라올 꽃을 기대했다

고추 끝물이 지나도록 맥문동 잎만 퍼렇다

올해는 유독 비가 많다

산벚나무

봉화산 중턱 즈음에
이맘때면 살고 있다
나이도 알지 못하고
살아온 이력에 대해서도 모른다
과거를 힘 있게 장식하던
프로필이 있는지 없는지도
한 해 내내 죽었는지 살았는지
어쩌다 뻐꾹새 울음소리가
귀에 닿을 때가 있는데
그때서야 그의 안부가 궁금하곤 했다
철딱서니 없던 시절부터
멀리서 지켜보곤 해서
나보다 훨씬 웅숭깊은 내력을 지니고 있겠지만
그나 나나 초대한 적은 없었다
평생을 입 다물고 지낼 뿐이다
찬바람이 불어 쓸쓸해지면
짬뽕 국물 챙겨 가서
고량주 한 잔 대작하고 싶을 때도 있다

그는 좀체 잔을 비우지 않고
내가 손짓으로 재촉하면
잔을 들어 입술에만 살짝 대고 말리라
그러고선 미간을 찌푸리기도 하고
어이없는 듯 털털거리며 웃기도 할 것이다
멀리 서서 아득한 산을 바라보면
사시사철 있는 듯 없는 듯,
해가 갈수록 그의 입은 더 무거워지는가
언젠가는 오십견이 온 것처럼
그의 팔이 지탱하기 힘든 날이 올 텐데
그때도 지금처럼 일 년에 딱 며칠
산 아래 세상을 환하게 비춰줄 수 있을까

아, 뻐꾹새가 울기 시작한다
산벚나무 기지개 폈다

아카시아

오월
하루해가 넘어간다
낡은 구두의 뒷굽이 밤을 거닌다

그날
텅 텅 멀리 아주 멀리서 울렸던 건
네 목소리였다
마른 밤하늘에 메아리쳤던

그 밤
흰 꽃숭어리마다
온몸을 움츠리며 쥐어짠 향기
새가 앉아 있던 자국은 흔들렸고
향기는
한 발의 탄알처럼 가슴을 뚫었다

너의 눈빛과
잠깐 사이에 무너지던 등 언저리를

기억한다

오월의
아카시아
내 아린 아카시아

화포花浦

다시 봄날,
화포바다에 꽃 보러 가다

근질근질 바람이 스치면
언덕바지에 앉아 하염없이 내려다본다

쥐었다 편 손바닥엔 하나도 잡히지 않고
문득 눈 덮인 산봉우리 하나
저 물빛에서 우뚝 솟는다

섬들 사이 반짝이는 해협에 돌고래라도 되어 볼까
땅별처럼 흐드러진 봄까치꽃과 입을 맞출까

다시 올까 봄,
더 오지 않을 봄날인데

막막한 저 뻘은
비릿하게 더 비릿하게

온 산을 적시어 온다

아득한 봄을 적시어 온다

* 화포 : 순천 별량면에 있는 바닷가 포구.

나무의 사연

천은사 길목
공손히 서 있는
이리저리 굽은 나무

하늘에 이르는 통로는
본시 반듯하지 않는가 보다

너나없이 묵묵한 사연 하나쯤
품어서일까

이런 나무를 만나면
화들짝 속내를 들킨 듯

아득한 궁륭의 뒷마당으로
몸을 사린다

저 뿌리에서 끌어 올리는 미세한 힘

굽어지는 그 찰나를
버티게 해주는 것

광안제 물빛 환하게
해가 파고든다

화포花浦바다에서

아득한 섬
시린 그늘 속으로 파고들어 가는
새여

아서라 새여

아무리 기다려도 오지 않을
내 눈빛을 떠올리지 않을

저녁은 이슥해지고
수평선은 어둑해진다

발자국은 시간의 함정을 헤매는 소리

머잖아 남풍의 훈기가 어렴풋이 불 것이다

새여
아서라 새여

고백한 그 날이
한 장씩 뜯겨 마지막 날이 남을 때
누군가는

화포 바닷가
영혼의 잔해들이 밀고 올라오는
저녁 무렵을 기억하겠지

무릎을 양팔로 감싸 안은 채
무심히 바다만 바라보았을

문득, 유월

석류알처럼 반짝이던

그이의 고른 이를 생각한다

문득,

유월의 저무는 무렵

수양버들

그이는 유들유들한 허리를 지녔다
풍만하게 굽어진 등 언저리에서 박새들이 종종거린다

머리카락을 수면에 늘어뜨리고 멱을 감는다
냇물은 아기의 옹알이처럼 흐르고

천수千手에서 새어나오는 바람은 시원하다
계랑桂娘의 소맷부리는 이화우梨花雨에 닿았으리라

간지러운 한 올의 그늘 아래 탁족의 황홀
발가락 사이로 빠져나가는 시간을 희롱한다

수양버들은 연애를 좋아한다

꽃물 들이다

여덟 살 딸아이 엄마와
마주 앉아 봉숭아 꽃물 들인다
꽃잎을 찧고 찧어
마디마디
손가락에 명주실로 동여맨다

애야,
건드리지 않고 하룻밤 자고 일어나면
꽃물이 든단다
아리아리 아라리 꽃물이 든단다
첫눈 내리는 날
오랫동안 품은 연정이 오신단다

인연은 그래,
서슬 푸른 방망이에 찧어질 때가 있고
멍울만 만지며 입술을 다물어야 할 때도 있지

저녁 종소리

산허리를 넘어가듯
사는 동안
가슴속이 저물어가는 것이지

딸아이는 손가락 마디마다
누에고치를 매달고 웃는다

치자꽃

무인도에 가고 싶다

바다 내음만 안개처럼 감싸오는 섬

치자나무 한 그루 가져가고 싶다

백설기처럼 하얀 꽃,
꽃망울 하나에
노랫말 한 구절

새기고 싶다
가느란 칼금을 그으며
노래하고 싶다

치자꽃 향기
저 무량의 바다 너머
아라리
아라리 홀로 간다

소나기를 기다리는

온몸을 쥐어짜던 소리를 기억한다
햇볕에 그을린 배롱나무가 몸부림으로 피워내고
검붉은 노을처럼 언젠가는 사그라드는

턱 아래에 공명 장치를 부착했던 이를 기억한다 침대에
누워 미련 없다는 표정을 지었다 달팽이 기어가듯 발성기
를 천천히 들어 올렸지만 그렁그렁 기계음만 울려나왔다
'제발'의 시간은 낡은 전단지처럼 사라졌다

오늘 매미들이 공명을 멈춘다
25시 59분에 내릴 소나기를 기다린다

항아리

백운사 무량수전 뒤란
줄지어 놓여 있는 항아리
머리에 삿갓 하나씩 내려 쓰고
밤이나 낮이나 묵언 수행 중이다

햇볕에 온몸을 사르는 고행 참아내고
송이눈 맞으며 허연 입김을 뿜으면서
가부좌를 틀고 앉아 있다

익어가는 시간의 꼬투리
밤마다 갉아대는 자벌레의 몸부림도
제 속에 담아 자그러질 때까지
지긋하게 녹이고

사과꽃 향기 날리는 날에
그 속을 보여준다
숙성된 품 안 한 점 찍어 보면
발효된 시간들의 뒷맛

무량수전 뒤란에는
둥그런 우주를 하나씩 품고 있는
항아리들이 살고 있다

바다와 바닥

섬달천에서 여자도로 건넌다
댓 명 올라탄 배를 타고

선미에 붙어 있는 쪽문 하나
궁금해서 열어 보았다
세상에서 가장 파랗고 하얀 밑을 본다

그 바닥엔 ㄱ자 하나가 빠졌다
바다에다 쉬를 갈기는 맛이라니
세상엔 이렇게 큰 똥통도 있구나

모든 것 받아주면서도
냄새 하나 없다
꿀꺽,
시원하다

구멍 속으로 바다를 본다
구멍 속에 바다가 있다

매화 꽃눈

눈이 함박함박 쌓입니다

매화나무 가지
이태 전에 묘목을 심어 뿌리내린,
그 낭창한 가지에 눈이
소복소복 내려앉습니다

가만가만 눈송이들은
매화 꽃눈과 접선하네요

여리한 꽃눈은
햇볕 나면 사라질 눈송이를 마주 보며
말없이 손을 잡아줍니다

바람이 가지를 흔듭니다
꽃눈은 찡긋 한 눈을 감습니다

눈 그치고 맑은 밤하늘
반달이 휘청휘청 밝습니다

제2부

소만小滿

초여름 햇살은 깔끔한 얼굴이다

아침 숲길의 보랏빛 산수국

얼굴에서 고흐의 붓 터치처럼 색채가 꿈틀거린다

색들은 한 눈을 찡긋 감고 머리카락을 슬쩍 넘긴다

숲새로 내려앉은 햇살은 나를 좋아한다고 말한다

삶은 감자를 집어들 때의 뜨거움이다

나는 그림자일 뿐이야 풀잎에게 고백한다

천만 가지 색깔을 가진 눈빛들이 환해진다

선암사 무우전無憂殿

'선암사 무우전'

송수권 시인의 시를
컴퓨터 화면에서 필사하는데
아뿔사, 글자 하나 계속 없어진다

'무우전'을 치고 나면 이내
'무전'으로 바뀌고 만다
몇 번이고 실랑이하다
무전이라 치고 나서
그 가운데에 '우'를 집어넣는다

근심할 우憂

걱정거리 없는 작은 몸 하나 세우는 일,
근심 하나 없는 게 이리 어려울까

멀리 조계산 자락은

흰수염고래처럼 내려앉고
풍경은 맑게 흔들린다

시골버스

정류장에 서 있다
언제 올지 모르는
시골버스

저 굽이를 돌아오는 엔진의 꿍꿍한 소음이
코앞에 와서 멈출 때까지
왕벚나무 늘어진 그늘 아래
적막과 마주 앉아서 노가리를 푼다

밭두렁에는 감자꽃이 빼꼼히 게 눈을 뜨고
퇴비 포대들은 제 맘대로 누워
느긋한 낮잠을 즐기고 있다

이방인은 버스 시간에 맞추지 못한다
시골버스는 언제 올까

어스름이 내리기엔 이르다
멀리 개들이 짖는다, 컹컹

깜짝 놀란 햇볕이 천천히 꼬리를 사린다

그렇게 빗나간 사람을 기다리던 때가 있었다

야간 운동회

오랫동안 비워둔
구들방에 불을 넣었다
불기가 들어간 방바닥에 누워
등짝을 지진다
등뼈가 녹아내리듯 아슴해진다
겨우내 이 집도 냉기에 떨다가
덩달아 훈훈한 김을 쐬어 신났을 것이다
따뜻해지니 봄인 줄 알았나
조용히 거주하던 서생원들께서
별안간 살 빼는 조깅을 시작하는가
야간 운동회가 열렸다
잠시도 쉬지 않는다
이어 달리기에 술래잡기까지 하는지
방 천장이 운동장처럼 들썩인다
밤잠이 없는 족속이라
밤중에 운동회를 열고는 손짓 발짓 응원하나 보다
여태 돈도 안 내고
전세 얻어 잘 살았으면

주인 왔을 때 잠잠히 있어야 괘씸하지 않지
내일은 천장 위에 쥐 본드를 쫘악
깔아야겠다고 작심을 해 본다
그때 방으로 살짝살짝 스며드는 화목 타는 냄새
나 또한 천방지축으로 살아왔거니
서생원들과 다른 게 뭐야
내 주둥이가 덩달아 길어지기 시작한다

부활

시골에서 농사짓던
권사님의 손가락이 잘렸다
농약 치는 기계에 걸려 동강 난 것을
병원에서 봉합수술을 받았다

심방 갔던 목사님이
자초지종을 듣다 손가락을 본다
봉합한 끄트머리에
거무튀튀한 벌레들이 붙어 있다

푸르뎅뎅한 살 속을 파고들어
거머리가 피를 빨아먹는다는,
그래야 썩지 않고 피가 통한다

눈도 없고 귀도 없고 말도 못 하는
오직 쭉쭉 빠는 입만 하나 가져서
썩어질 것을 살린다

남의 피 빨아먹는다는
악담을 묵묵히 흘려보낸다

여순사건 당시 아들을 잃은
손양원 목사님은 나환자의 고름을
입으로 빨았다

오늘밤은
윤동주가 보며 헤었다던 별들 중에
거머리 모양의 별자리들을 떠올리고 싶다

개밥

시골집에 가면 제일 먼저 이름을 부른다 소리치면 큼지막한 꼬리 흔드는 소리 성큼 대문 틈새로 주둥이를 내밀고 낑낑거린다

나는 여태 어느 누구에게도 저렇게 거한 환영식을 열어본 적이 없다 지나가는 인연에게 미세한 칼날 조각 하나 찔릴까 두려워했다

개는 제 밥을 나눌 줄도 안다 까치에게 밥을 빼앗기듯 하지만 결국 함께 살자며 공양하는 것이다 늘어선 까치 떼 한 마리가 공양을 마치면 다른 한 마리 차례로 들어선다 늙은 개는 쪼그리고 앉아 멀찌감치 구경만 하고 있다 까치를 키우는 것인지 개 한 마리 키우는 것인지

그동안 밑지지 않으려 살았다 모래폭풍이 쓰나미처럼 내리꽂는 내 입속은 늘 꺼끌거렸다

오늘 모기에 여럿 물린 종아리 물파스를 바른다 무정형

의 붉은 반점은 죽기 살기로 붙어 뜯어먹은 흔적 어쩌랴
세상에선 나 또한 개밥인 것을

물까치

달콤하게 익어가는 자리는
날개들의 잠항지

만 점짜리 화살이 과녁에 꽂히듯
날렵한 부리는 미동도 없이
무화과 과육을 뚫는다

속살을 꺼내 드시는 솜씨는
일류 요리사의 너끈한 칼날
단것만 절묘하게 빨아대는 묘기

이 녀석들 당뇨는 안 걸리나
신나게 파먹고 혈당 수치나 올려 보지
오랜만에 새총이나 만들어 볼까

푸념을 펑펑 쏘아 올려도
그깟 열매 몇 개 보시하면 안 되나,
물까치는 깜냥으로 먼 산만 바라보고 있다

빨갛게 열 돋우는 배롱나무 가지에서
낭창낭창 시소 타고 있다

중앙로 역사
– 북초교에서 의료원로타리까지

버스를 타고 가니 간판들이 보인다

모범문구
소연미용실
전국특송
대명청과
대광부동산중개인사무소
뉴팔마관광여행사
중앙장식
이화언어인지연구센터
현대장식
장미패션
부부쌍쌍구두
참좋은인력
평강수예점
복권나라
안전렌트카
현대칼라현상소

52

베스트결혼정보
신앙촌상회
창대공업사
깔끔컴퓨터세탁
김밥세상
오! 다방
삼산문구사
일팔장식

버스 안에서 눈을 크게 뜨고 본다
어울려야 살아진다

김밥

시 수업 가다가 김밥집 들렀다. 에라 지각한 김에 출출한 배나 채우고 가자. 두 줄을 시켜 먹으며, 시 너를 위하여 이렇게 궁상맞아도 되는 건지 묻는다. 시인은 자기만의 세상이 있어 주변에서 점수 따기 어렵다는 고명자 시인의 말이 갑자기 돋아난다. 짜장 먹으러 갔다가 짬뽕 먹고 오는 게 인생이라고 스무 해 전 내가 다니던 회사의 상사는 말했다. 맨날 시는 안 쓰고 뒤치다꺼리나 하고 다니냐는 아내의 핀잔이 단무지처럼 노랗다. 우적우적 김밥을 씹으며 시, 너 이놈 니는 속을 좀 알아주겠지 다그쳐 본다. 시, 이분께서는 늘 상전이시다. 그런데 오늘이 10월의 마지막 밤이다. 덕분에 시 님 한 분 만난 날이다.

종종걸음

봄이 들어선다는 날에
국밥집으로 종종걸음 친다

오글오글 끓어 넘치는 콩나물국밥
날달걀을 붓고는 혀를 굴린다

며칠 전 바람난 개구리들이 있었다
장단 맞추듯 동천을 울리던 메아리

등허리에 내려앉은 근질근질한
온기溫氣에 느닷없이 깨어
봄맞이 나왔을 터

새벽 된서리에 어데 피할 곳 있었을까
볕을 쬐는 달달한 맛에 홀리다간
요지경 날씨에 얼어 죽는다

나는 아삭아삭 콩나물 줄기를 씹는다
뱃속이 뜨뜻해진다

남해 삼동항

멸치 떼의 군무

수면을 하얗게 가르는 어뢰의 궤적

종점

반짝이는 소금 마대

자맥질

물속을 들여다보는 오리 떼를 만났다

궁둥짝을 하늘을 향해 치켜올리고
물구나무서듯 꼿꼿한 품새
겨울 강물에 자맥질한다

먹고 살기 위해 볼기짝을 드러낸다
밑바닥을 부리로 헤집는다
혹 물비린내가 회오리칠 때에도
묵묵히 숨을 참는다

이따금 가슴에서 번져 나오는 파문
물결 따라 언젠가는
저 멀리 강어귀에 이를 것이다

오리들은 남이 볼세라
흐린 물속에서 눈만 껌벅거리며
눈물을 감추는 재주를 가졌다

오동도 동백

동백이 피기는 아직 일렀다

아쉬운 마음으로 걸어 나오다
방파제를 앞질러가는 늙은 동백을 본다
삐걱거리는 자전거 페달을 밟고 있다

봄볕 내리는 탐방로 기슭,
무릎을 모으고 앉아 뭔가를 읽고 있었지
언덕 아래 세워둔 자전거 앞에는
'즉석사진 건전지 일회용카메라'
손글씨는 선사시대 유물처럼 본래의 색깔을 잃었다

곧게 뻗은 방파제 길
늘어지는 그림자만
노인의 등 자락을 꼭 껴안고 따라간다
페달이 소리를 멈추는 그 어느 날까지
함께 출퇴근하겠지

절정일 때 떨어지지 못한 서러운 꽃잎
오동도는 가슴에 품고 있다

정채봉길

순천문학관 가는 샛길
'정채봉길'이란 명패가 반짝인다

오래전 수원水原이 끊어졌다는 절강의 옆길
한겨울 바람에 목을 움츠리고 걷는다

나무를 흔드는 바람이 그치지 않는다
갈대밭에서 수많은 홀씨가 날아온다

가만히 지켜보니 나뭇가지마다 솜털이 돋았다
나무들이 털옷을 껴입고 있다

갈대 꽃씨들이 구름처럼 몰려들어
나뭇가지의 여린 숨소리가 얼지 않도록
따뜻하게 덮어주고 있었다

늪처럼 감겨오는 겨울바람을 막으며
자 미세한 갈대 꽃씨들이

부드럽게 어루만지고 있는 모습이란

아무도 없는 곳에서
눈치 못 채게 아름다운 일들이
벌어지고 있는 것을, 나는
오랫동안 지켜보았다

고드름

말하는 법이 없다

투명한 네 심장은

뚝뚝 흘러내릴 뿐

제3부

뿔

신문지 한 장 펼쳐 놓고 손톱을 깎는다
잘린 손톱이 톡톡 밖으로 튄다

저렇게 뛰쳐나가고 싶은 적이 많았다
뒹굴어도 결국 방바닥이지만
못된 소가지의 뿔은 사그라들지 않는다
여름풀마냥 어제보다 선명하게 잘 자란다

공들여도 보잘것없고 잘리면 그만이다

단골메뉴는 욕설과 한숨,
뿔의 입술에 지퍼를 달 수 있을까

비밀결사는 입안을 맴돌며 수포를 터트린다

발굽

아버지의 발바닥은
말발굽이었다

팔십 평생, 한 번도
균열 없이 살아온 줄 알았는데

양말을 벗기자
생生의 가뭄이 쩍쩍 드러났다

짓눌려 오래전부터 터진 맨살
얼레지꽃 이파리처럼 얼룩져 있다

틈을 보이지 않으려
당신은 늘 깜깜한 바닥에 눌어붙어
질척거리고 비틀거렸겠지

그러나 아무에게도 보여주지 않았다

들여다볼수록
점점 다가오는
또각또각 말발굽 소리

갈라진 틈새의 벽,
막막하게 울린다

새벽

오솔길을 걷다
정수리쯤 걸려 있는 거미줄

밤새,
냉한 가슴만 움켜잡았나
이슬방울 가득하다

생은,
빈털터리
그러나 서툰 투망질에도
빛나는 때가 있다

의자

그늘 드리워진 곳에
빈 의자 놓여 있다

고층아파트의 긴 그림자가
제자리를 지키는 곳

사흘 전 내린 폭설이
여태 눌러앉아 있다

기다림을 견디는 속내의 근육에
대나무 마디처럼 작은
정거장 하나쯤 있었더라면

행여 종착역에 도착하는 시간을
보고 싶었던 것일까

쓸쓸한 등을 쓰다듬으며
응달의 품에서
잠시 함께 묻힌다

톱질

지난여름
동백나무를 잘랐다

수년 동안 음습한 그늘을 만든
장본인

겨울에 마당 앞을 지날 때마다
남은 밑동이 눈에 걸린다

서툰 톱질에 댕강 잘린 후
속살이 말라가고 있다

그동안 내가
잘라버렸던
연緣, 또 다른 연戀들은
어디에서 말라가고 있을까

사육의 시간

당금선착장에서 출발한 구경 3호
고물로 갈매기 떼 몰려온다
하얗게 부서지는 포말 위에 방패연처럼 떠서
던지는 과자 조각을 잡아챈다
바람에 날리며 꿈틀하는 새우깡
야생의 본성을 잃어버리고
사육되는 뾰족한 주둥이들
바다로 떨어지는 조각 하나에
치열하게 다투는 저 날갯짓
거제 저구항에 도착하는 반 시간
갈매기는 얼마나 먹이를 잡아챘을까
푸드덕거리는 날개마다 실이 꿰여 있다
허공으로 흩어지는 새우깡 조각을 굽어보며
미소 짓는 눈빛들
인형극장 조정사처럼 음울하다
시간은 사육되는 중이다

시를 쪼다

석양이 창으로 기어든다

날카롭게 다듬던 부리는 어디로 갔을까

스산한 얼굴은 발자국도 없이 어슬렁거린다

잔머리만 남아 기다리고 있다

콕콕 쪼려고 앉았지만

운명은 늘 사잇길로 비껴간다

내 시의 비문은 이미 낡아버렸다

은혜

젊었을 적에 불평하던 것들이 우연히 기억난다

잊어가며 살고

살다 보니 잊는가

용기
– 지뢰탐지꾼 '마가와'

캄보디아에서
오랫동안 지뢰 지대를 탐색했던
'마가와'가 죽었다

2013년 아프리카 탄자니아에서 태어나
온 청춘을 땅속의 지뢰 찾는 일에 바쳤다
그는 테니스장 크기의 면적을 30분 만에
수색할 수 있는 능력의 소유자였다

생애 동안 이십이만 평방미터의 면적을 훑으며
지뢰 71개, 불발탄 38개를 찾아냈다

작업 후에 주어진 건 바나나와 땅콩,
작은 손으로 바나나를 잡고 우적우적 씹으며
불평 한마디 하지 않았다

그의 용기 덕분으로 캄보디아인들은
팔다리를 잃지 않았다

마가와는 지치지 않는 성실성을 인정받아
설치류 최초로 '동물 최고의 훈장'을 받았다

그는 감비아도깨비쥐,
이름 마가와는 '용기'라는 뜻이다

북소리

수능시험장
멀찍이 떨어진 곳에
아들 내려주고
시험 잘 치라며 멋쩍게 보낸다
교문으로 사라지는 작은 등 지켜보며
돌아서는데
응원의 북소리가 들린다
둥 둥 둥 둥
심장의 고동처럼
규칙적으로 울리는 소리
먹먹해지는 눈들
몇 해 지나지 않아
아들은 또 군문에 들어설 것이다
그때도 북소리를 듣게 될까
인생의 한 고비마다
함께 듣게 될 북소리
먼발치에서 듣는
저 북의 메아리

노래하는 시인

정태춘과 박은옥의 공연을 본다 오래 묵은 목소리, 고비사막을 걷는다 모래바람 속으로 묵묵히 걸어가는 발자국들 '고비'라는 이름과 사막이 만나 이어지는 태양의 언덕들 바람은 발뒤꿈치를 물고 멀어진다 고비마다 사막을 만난다 언덕은 또 다른 언덕 너머로 사라지고 그 너머의 너머, 긴 속눈썹을 깜박이며 걸어가는 낙타의 무리

고즈넉한 일몰 목구멍에서 부서지는 세월의 조각을 듣는다 고비에서 부르고 고비에서 사라지는 노래

세월교

동천의 세월교가 되어
건네드리리라

어느 여름쯤,
큰물이 일어나면
건너시면 안 될 터이니
어지럽게 흔들릴 것이요

딛고 갈 수 없는 날엔
물속에서 마냥
숨죽이고 또 숨죽이며
있을 테요

가끔은 안타까운 기별이
황토 물빛 사이로 토막토막
흘러가리이다

등바닥엔

가시의 흔적이
굳은 화석처럼 남아
있겠지요

그대의 맨발이 내는
조곤한 소리를 끌어안고
나는 무던히 있겠어요

그냥 기다리고 있을 테요
어느 여름쯤에는

대륙 횡단 트럭

트럭을 모는 꿈을 꾼 적이 있다

대륙을 횡단하는 운전자
보름 동안 광야를 마주하며 달릴 것이다

스무 개의 나란한 은빛 바퀴
차축車軸은 바람에 이는 굉음을 받아낸다

일자로 뻗은 컨테이너
오랫동안 미끈하게 이어지는 선을 동경했지

저 낭창낭창해지는 시간의 숲은 멀다
삶의 옹이마다 짙은 이끼로 덮여 있고

대륙의 저 북단까지 치고 올라가는 길
지평선까지 내려앉은 별의 목소리를 듣는다

묵묵히 운전대를 잡으며

적의 눈동자를 노려보는 검투사를 떠올리기도 한다

가도 가도 이어지는 직선만 앞으로 다가오고
흰 수염이 한 뼘만큼 자랄 때까지

모든 것 잊고 앞으로 앞으로만
뒤돌아보지 않는 대륙 횡단 트럭

약병의 하루

가질 수 없는 것들의 목록, 명명된
숫자는 뛰쳐나오려 존재하는가
끝이 하늘을 향해 파고든다
구름 조각들이 흩어지고 쏟아진다
어디서부터 잘못 읽은 것일까
팔목을 잃은 날짜는 고개를 갸웃거린다
약속의 병, 병 속의 약을 들여다본다
의자와 만년필과 달력을 발바닥으로 뭉갠다
낡은 발톱을 세우고 병의 몸을 문지른다
숯불이 벌겋게 타오른다
시시한 목소리들만 모으는 대장장이는
담금질을 곧 시작할 것이다
비 오는 수요일은 날마다 돌아오고
매일 얼굴을 바꾸는 내일은 대팻밥처럼 얇게 운다
손이 닿지 않은 심연과 우주와 인연에 대해
나와 당신은 할 말이 많다

밤의 경계

등을 구부리며 천천히 다가온다
물기를 빨아들이는 넓은 품을 가졌다

속을 헤아리기 어려운 표정
비로드의 망토를 휘두른다

잠 못 드는 밤의 동행자

흰 손바닥을 보여주었고
그건 슬픔의 윤곽, 받아 적는다

둥글고 둥근 사각형들이 소요하는 거리에서
우리는 서로를 만지고 또 어루만지고

오랫동안 침묵한다
눈빛을 마주 본다

왼손에서 날카로운 뿔이 자란다
거룩한 밤의 경계는 알 수 없다

제4부

길 1

안개 속을 걷고 있다
안개 속에 내가 있다
안개에 잠겨 있을 뿐이라고 혼자 말하다
안개를 들이마시고 내쉰다
허파 밑자락까지 가라앉은
안개와 나는 한몸이 된다

떼어낼 수 없는 안개와 팔짱을 끼고
느릿느릿 발을 옮긴다
안개를 움직일 수 없지만
안개는 움직이며 내 등을 밀어낸다
이마에 입맞춤을 하고
포옹하며 혀를 날름거린다

소매를 걷어 올리고 바늘을 꽂는다
안개의 흰 피를 수혈한다
들이고 내쉬는 숨
안개는 나이고 나는 너이고
그 속에 그림자가 없다

길 2

소요하는 걸음걸이가 좋아요
느릿한 발은 욕심을 내지 않지요
한 걸음씩만 뗄 수 있어요
배회하는 지점을 지났어요
담쟁이덩굴에 가려진 신전이 보여요
검은 테를 두른 경전이 놓여 있고
제 살점을 떼어내듯 낭송하는 사제가 있네요
사자가 확, 입 벌린 탑이 있어요
넙쭉 당신의 공손한 손을 삼킬지도 몰라요
내 발자국을 과거에 찍고 싶지 않았어요
피하고 싶었지요
자박거리며 부러 오물도 튀겼지요
사제는 눈을 흘겼고
집행인은 날 선 큰 칼을 들어올렸지요
기겁한 나는 다시 배회하던 지점으로 돌아왔어요
입을 앙다문 사람들에게
오래도록 빨지 않은 옷 냄새가 흘러나와요
발자국은 먼저 알아차려요

아, 내 발을 바꿔야 해요
허벅지까지 잘라내고
몸통까지 잘라내고 또 잘라내고
머리통만 남아 걸어 다닐 수 있을까요
내일이 왔어요 라고 말할 수 있을까요
종점에 도착할 수 없어요
짜증 난 사제는 어서 내리라고 합니다
의자에 배낭을 그대로 놓아두고
아무도 모르는 승강장에 내려요
진흙탕 위 어딘가로 찍혀 있는 발자국
따라갑니다

0 또는 1

(0)

이진법만 셈하는 사람은

손가락이 하나만 있어도 좋을 거야

이진수를 십진수로 바꾸는 문제를 풀곤 했지

어려운 문제는 아니야

다른 세상의 논리를 이해하는 것이지

0 또는 1만 살고 있는 세상 말이야

0 그리고 1만 존재할까 의문을 품는 건 불온한 도발,

그 이상은 존재하지 않아

그냥 그냥 평안하면 되는 거야

매트릭스의 환상세계도 0 또는,

1의 값으로 결정되는 거지

(1)

오늘은 어떤 손가락이 좋을까

섣불리 중지 그 녀석을 세웠다간

쥐도 새도 모르게 없어질지 몰라

비로드풍의 번쩍거리는 모자들이

교묘한 눈초리를 굴리며 지켜보고 있을 거야
끝까지 살아남으려면 엄지만 있어야 해
그렇지? 이진법에는 엄지 그게 가장 좋아
펴기만 하면 되는 거지

(0)
모니터에서 깜박거리는 커서들의 광란
장 도미니크는 잠수복을 입은 채
깜박이는 눈꺼풀을 달고 있었지

(1)
우리는 매일매일
0 또는 1에만 익숙해지면 되는 거야

라나한마트에서

멀지 않다
마트로 가는 보도 위
지렁이는 마른 몸을 꿈틀대고 있다
고개를 숙이며 잠시 묵념하는 사이
까마귀가 하늘을 난다

　핵무장이 필요하신 분은 오세요
　입 벌린 구멍에
　핵불닭 삼단 로켓을 장착해드립니다
　당신은 울렁거리는 맛을 모르죠
　청국장례식 있어요
　흐늘거리는 횟감 할인
　폭탄 공세,
　만 원 주시면
　한 바가지 거름을 퍼드려요

이상한 물건을 파는 데가 어느 쪽인지 묻는다
분홍 넥타이에 머리를 끼운 기름이 갸우뚱하고

구석에서 초록 그늘을 걸친 사내
혁대를 풀고 바지를 내린다
빈손을 보여준다
이것밖에 없는데요

　카트는 차가운 손을 내밀어 엉덩이를 민다
　철창 안에 당신을 구겨 넣겠다는 기세다
　당신의 수인囚人 넘버 010-8888-mzmz
　채우지 않으면 당신 나빠요

라나한마트
일만 보 걷기엔 최적의 장소

포커페이스

당신은 일도 잘하고 여러 가지로 좋아
엊그제 엄지를 치켜들고 칭찬을 한 다발 쏟아놓았다
가만히 앉아 있을 뿐이었다
근데 오늘은 '파이어'다
그만두라구? 이건 아니잖아
아니야 그게 맞아
양키들 얼굴색은 종잡을 수 없다니까
그 잘난 고도리 판에서 자주 독박을 뒤집어쓰지
당신은 배워야 해
포커페이스, 포커—페이스
포—커—페—이—스
속은 까맣게 냄비처럼 타네
팔을 늘어뜨린 좀비들이 돌아다녀요
어차피 죽은 놈만 계속 죽는 거지
포커페이스는 수십 번 죽여도 그대로야
좀비는 아닌데
주인공은 말로가 없는 스토리
휴대폰 액정을 비비며 주문을 욀까

알라딘의 램프 고고
행운이 도착했습니다
너의 로또는 불발이야
(다음 주에도 똑같은 문자를 보낼 거야)
이리 배우고 저리 배우고
독박 쓰는 법을 창조하자
포커페이스, 포커−페이스
포−커−페−이−스
간지러운 내 얼굴 껍질을 벗겨줘

무너졌다 무너진다

햇빛 부신 해변에서 입들은 해파리처럼 둥둥 떠다닌다 번개를 피해 줄행랑치는 곳 지퍼가 달린 입술은 열리지 않는다 내일 49층을 세우겠다고 말한 사람은 절대 무너지지 않을 거라 장담한다

잔해 더미에 깔려 영원히 나타나지 않는 입들, 간혹 찢어진 마스크만 발견될 뿐이다 알아듣지 못하는 절지류는 늘 바닥에서 기어 나온다 벽에 가득 박힌 못, 눈이 없다 귀가 없고 머리가 없고 아, 입도 없다

얼룩말 몸통에는 얼룩무늬가 없는 매일이 존재한다 사막을 향해 삼천 배를 올리고 뒤에서 죽비를 들고 있는 중 절모들 죽비는 허공을 찢어 갈기는 어제, 목덜미에 닿기 전에 벌써 서늘해진 목은 다른 목들을 돌아본다 과속하는 얼룩말에 뭉텅뭉텅 비명이 터진다

안 무너지면 내려가지 못해요 공학자들은 눈을 감고 어떤 목들은 설계와 거리가 멀어요 실토한다 하늘에서 눈이 내리고 뼈대가 맞추어지는데 그 뼈는 부러질 리 없…

지…요…

　다발성 빈공간증 진단이 내려질 겁니다
　사망을 운명으로 받아들이시오 명예죽음감독관은 노래
하듯 이야기를 건네고 무너진다 무너진다 습관적으로 중
얼거린 사람들, 얼굴의 얼룩무늬가 진해진다 간장처럼 졸
였던 심장을 털어 내야 한다
　무너지기 위해 세우는 사람들 명예죽음감독관이 시체
가방을 흔들며 달려온다 못이 가득 박힌 벽에 머리들이
계속 걸리고 거품이 아래로 흘러나온다 누군가는 계속 비
명을 지른다

달팽이 모자

품속에 달팽이를 몇 마리 키우는 사람
느릿하게 인사를 한다

온몸이 괄약근으로 이루어진
욕구를 참지 못하는 치아들이
앙다물고 있다 알지 못한
그물이 드리워진 세상, 한 발 앞으로 내밀고
주머니 속에 줄지어 늘어선
전구들은 파열하기 위해 대기하고 있다

어쩌면 둘러대기 위해 존재하는 골목

무언가 터진 검붉은 흔적
수사학修辭學 교과서의 번지르한 표제들이
구두처럼 광을 내고
느릿하게 기어가는 모자
모자 속의 달팽이, 품속으로
근엄한 웃음을 주워 담고 또 담는다

누군가 숨을 꺼내려고, 옷 속을 뒤진다
숨이 차요, 많이 막혀요
게 눈처럼 손을 들지만
폐에 물이 고여요 흐릿하게 뭔가
웅웅거리는데 구조대는 아닌데
어디 있나요
잡고 일어설 밧줄이 보이지 않아요

설마, 손이 닿지 않을까요
숨이 차요, 계속 막혀요

제 모자에서
패딩 안주머니에서 제발 그놈의
달팽이를 꺼내주세요 제발
하늘을 향한 괄약근이 못 참을 것 같아요

조지아에서
– 잠자는 개들

우주에서 유영하듯
온몸을 흙바닥에 깔고 잠든 개들
네 개의 발부터 머리 몸통 모든 게 원하는 포즈대로
무엇에도 겁박이나 방해받지 않는 디오니소스의 후예
하루 종일 문 닫지 않는 가게 앞,
무언가 사려는 인기척들이 다녀가지만
아랑곳하지 않고 깊이 잠들어 있다
어떤 소음에도 귀 한 번 쫑긋거리지 않는 통잠이다

언제 적에 저런 잠을 자 본 적이 있나
날마다 매듭짓지 못한 것들이 잠 속에서
도꼬마리 풀씨처럼 떨어지지 않는다
날마다 실눈을 뜬 채 갈고리들은 등에 걸려 있다
옆으로 세운 몸을 뒤척이며 잠들 때
여섯 면을 맞추지 못해 언제까지나 돌려야 했던 큐브
처럼
무거움은 온전히 자신만의 몫이다
해법은 잘 보이지 않기 위해 존재하는 보물찾기 연습

햇볕을 가리지 말아달라고 한 맨몸의 철학자처럼
양지에서 소박하게 잠자는 축복을 언제나 누려 볼까

죽은 듯 자고 일어나는 아침을 맞는다면
그저 잠에 마취된 시간을 하루 보낼 수 있다면
조지아, 변두리 동네의 흙바닥에서 잠을 자는 개들처럼
잘 수만 있다면

못

잠자는 순간에 못을 박는 사람이 있어요

손가락은 무척 길고 아름다웠어요

어쩌면 야윈 것처럼 보였는데

엄지와 검지 첫 마디 사이에

냉수처럼 차갑고 야윈 몸뚱이들을 집어 들고 있었지요

몸뚱이와 못을 구별하지 못한 관계처럼

못이 쿵쿵 박히는 소리

단단한 나무 안으로 들어가는 몸뚱이

꿈을 꾸고 있을 겁니다 옆에서 구구단을 외우던 여자

사랑을 해야 하는데, 잠을 잔 기억이 없다는 이 느낌은
뭘까요,

비틀어진 입술, 짓이겨진 이마

사이로 핏빛 포도주 흘러나와요, 말하지 말아요

우리 몸뚱이가 못입니다

살은 찢어지고 벌어지고 포도주는 흐르고 강물이 빨갛
게 변해요

몇 초 후에는 더욱 벌개질 겁니다

꿈에 못을 박는 소리가 계속 들려요

우주정거장

기다리고 있다
작은 창 너머로 보이는 지구들은 붉다

혼자인 지 오래되었다
구조선과 통신한 게 이십 년
아무 생각도 들지 않는다

사백 킬로미터 높이에서 공전 중이다
속도는 초속 8킬로미터
이십 년 동안 누구도 만나지 못했다
1년에 한 번, 축제를 맞을 때처럼 아끼던 커피
이제 두 봉 남았다
아무도 없다 아니, 나만 있는 우주 속이다

뜨거운 물을 부어 커피를 내리는 이가 있었다
우유를 데워 라떼를 만들던 아이가 있었다
뜨겁다는 것은 정확하게 몇 도였을까
저기 보이는 한때 지구로 불렸던 천체는 몇 도쯤 될까

쪼개진 지구들은 금성의 대기 온도보다 더 뜨거울 것
이다
푸른빛을 잃은 게 삼십 년

바깥은 영하 175도
우주정거장이 가끔 기우뚱한다

노고단, 지리산

너의 이름은
빛나지 않는다

돌탑 위로
형형색색 깃발이 오른다

골짝 너머 사라진
혼불의 숫자만큼

너, 당신, 그대, 너희, 자네
수천의 표정 없는
얼굴이 쌓인
캄캄한 밤의 창고

빗방울 듣는 노고단 고개

이름을 알지 못하니
부르지 못한다

바람에 깃발만 날린다

시아등대

시아바다 앞에 섰네 푸른빛이 힘줄처럼 튀어나오는 바다 곧게만 자라나는 길이 있을까 빠르게 흐르는 행간의 깊이를 재지 못하고 자꾸만 구부러졌던 길 조막만 한 찔레처럼 잔가시를 머금은 시아등대 삼나무 돋은 언덕 앞에서 고함치며 손을 뻗는 범선처럼 저무는 해협을 향해 독송하는 그대

입술에 두 손을 모아 '시아'라고 천천히 부르며 그늘진 산허리를 껴안아야지 물비늘이 바다에 가득하여 밀물처럼 몰려올 때 흑산도쯤 향하는 쾌속선의 물줄기 무수히 자라는 흰 나무의 꿈, 석양의 뒷덜미를 바람이 어루만진다 화원반도는 일몰의 바다를 향한다

구름의 저력

천칭을 든 여자를 보았지요
눈을 뜨면 먼저 구름의 무게를 달아요

수소원자 두 개와 산소 하나로 이루어진 알갱이들은
평형을 이루기 어려워요

육십 층 옥탑에서 휙 날아간 이웃집 슈퍼맨은
외짝 슬리퍼 하나만 남겼어요
낙차 큰 커브를 던지는 투수의 공은 맞히기 어려워요

알갱이들이 구름으로 돌아가려고
낡은 배냇저고리 같은 밀서를 펴놓고 주문을 외지요

아이들이 밤을 새우며 필사합니다
어둠의 각진 귀퉁이를 깎아내지요

햇살을 밀어 내리는
눈부신 구름 알갱이들의 저력이 돋아나지요

속뼈의 길

가슴속에 묵직한 뼈 한 마리 산다
늦은 밤길처럼 이어지는 공동空洞에서
고개를 늘여 뺀 채 엎드려 있다
대퇴골보다 굵은 마디, 음표들이 움직인다
시작이 없는 노랫말은 노랗고 시큼하다
고음만 질러대는 구토물로 가득한
네 속을 만져 보아라
전조등의 꼬리가 길게 스쳐갈 때마다
머리를 숙여, 우리는 저음으로 속삭였지
숨구멍의 지퍼를 끌어 올려야 한다
눅눅한 이불은 이름 없는 것들의 피난처
풀숲에서 용케 밟히지 않은 것들아
투명해서 얇아진 슬픔들아
배낭에 허름한 밤의 이야기를 집어넣자
방랑하지 않았던 신발이 있을까
어지럽게 흩날리는 종이 쪽처럼
소금 같은 낙서가 눈보라 치는 날에
순례자의 첫 발을 축하하는 케이크를 자르자

110

저 작은 초들은 고약한 입김에 사그라들겠지
염증이 커질 거야, 촛농에는 고름이 차오를 거고
내일의 체중계를 찾으면 새벽녘에 문이 열린다
무심하게 붙어 있는 살점의 무늬들
장례를 준비하는 소금들이 짜내는 눈칫밥
한 장 한 장 송곳으로 긁어내자
건조한 기계음이 저만치서 들린다
속뼈의 비명이 시작된다

데워지다

아궁이에 불을 넣는 일은 신성하다
통나무 장작이 서서히 타오르며
아궁이가 데워진다

맨살이 데워지고
자작나무가 데워지고
금목서 향기 데워진다
헤엄치던 고래는 즐겁다
바다는 잔잔해지고
하늘이 훈훈해진다

아궁이에 장작을 넣으며
솥에서 푹푹 내쏟는 하얀 김을 지켜보는 일

온 우주를 데우는 일이다

건강한 서정과 내밀한 사유의 결정結晶

김규성 시인

1. 따뜻한 감성의 체온에서 우러난 명징의 언어

신비평가 중 하나인 엠프슨은 시적언어의 중요한 속성으로 모호성을 꼽은 바 있는데 '모호성'은 현대시의 주요 기법 혹은 시풍의 주류적 대세를 이루고 있다. 시인은 일상의 상투적 표현에 마모된 독자들의 언어감각을 새롭게 일깨우기 위해 다양한 장치를 한다. 그리고 고의적 트릭으로 모호함을 증폭시킨다. 이를테면 시의 다각적 독해를 유도하는 전략이기도 하다. 이때 시인은 언어의 퍼즐을 줌 삼아 사물과 자아의 거리를 밀고 당기며 줄다리기

한다. 또 숨바꼭질하듯 시와 대상과의 관계를 은유와 상징, 이미지의 동굴 속에 숨긴다. 그러나 묘연한 안개가 베일을 벗는 순간, 낯선 언어 방식으로 사물의 실체를 표상하는 돌출 효과가 기대에 못 미칠 경우가 있다. 이때 모호성은 오히려 본질/진실을 은폐하는 혼돈의 주범으로 시의 존재 가치를 좀먹는 독이 될 수 있다.

여기에서 굳이 애매모호한 작위적 언어실험을 거치지 않고도 사물의 본질에 이를 수 있는 지름길이 있다. 물론 이에는 감동을 바탕으로 한 시적 울림과 되새김에 따른 여운이 동반해야 한다. 박광영은 모호함 대신 따뜻한 감성의 체온에서 우러난 명징의 언어로 독자들의 가슴에 쉽게 다가간다. 다시 말해 진술하면서도 진지한 사유와 청정한 직관이 깊고 선명한 의미와 공감을 담보한다.

박광영은 「밥과 별과 시」로 제2시집 『발자국 사이로 빠져나가는 시간』의 문을 열고 있다. 윤동주의 「하늘과 바람과 별과 시」를 연상케 하는 제목이다. 그런데 윤동주의 '하늘'을 '밥'으로 변용하는 천지합일의 형국을 취하고 있다. 윤동주의 하늘이 불가근의 거리에서 다만 별을 우러러볼 따름인 하늘 중심의 관념적 희원이라면 박광영의 밥은 지상에 내려와 생명을 주도하는 구세적 존재로서의 하늘을 상징한다.

주역에서는 하늘을 지칭하는 건괘와 땅을 지칭하는 곤괘의 위치를 바꾸어 상호 교감하는 음양합덕陰陽合德 형상을 태괘泰卦로 본다. 본래 하늘은 상승의 기운을 가리킨다면 땅은 하강의 기운을 가리킨다. 따라서 하늘과 땅이 원만한 생성관계를 유지하려면 가벼운 하늘의 기운은 아래서 위로 상승하고 무거운 땅의 기운은 위에서 하강함으로써 상호 간 유기적 상생의 조화를 이루어야 한다는 것이다.

박광영이 윤동주의 하늘을 지상의 밥으로 설정한 것도 이와 같은 천지 상생의 원리에 기반하고 있다. 밥은 생명의 제일 요소이며 민중들에게는 공동체 의식의 표징이다. 일차적으로 밥이 해결되어야 평화도 자유도 가능해지기 때문이다. 박광영의 밥은 추상적 하늘의 구체적 현현인 것이다. 이 부분은 오랜 농경문화에서 터득한 진리와 세계관의 형상화로 박광영 시세계의 바탕을 이룬다.

> 손모내기를 한 적이 있다
> 논물이 종아리 넘도록 들어찬 개흙 바닥
> 허리를 굽히고 손을 놀려 모를 꽂았다
> 흙탕물 위에서도 하늘은 파랬다

논물에 하늘이 담겨 있었으니
그때 별을 박았던 건 아닐까
하늘에 별과 밥을 심었던 그 후로
적당히 먹고 사는 일에 덜 미안했다

밥과 별이 여태 다른 줄 알았다
밤에도 급하게 걸었던 구둣발 자국
밥을 버는 데는 영 소질이 없어,
그 말에 뭉툭한 손가락이 떨렸던 적이 있다

여름 밤새
별 무리 속으로 끌려갈 듯 들여다보고
혹시 밥이나 별이나
가슴으로 우수수 떨어지지 않을까
고개를 들어 올려다보는 것이다

― 「밥과 별과 시」 전문

화자는 "논물이 종아리 넘도록 들어찬 개흙 바닥"에 "허리를 굽히고 손을 놀려 모를 꽂"으며 "흙탕물 위에서도 하늘은 파"란 신비의 현장을 유심히 지켜본다. 다시 말해 하늘이 땅을 거울삼아 그 청명한 얼굴을 비추어 보며 우주적 주체로서의 기능을 발휘함과 동시에 그 존재감을 확인하는 장면을 목격한다. 그리고 화자도 주객이 따로 없는 순환론적 자연현상의 증인이자 그 생성 현장의 일원으로 참여한다. 예컨대 "논물에 하늘이 담겨 있었으니/그때 별을 박았던" 것이라며, 모를 심는 일을 하늘과 땅의 협업을 주선하는 매개적 역할로 승화시킨다. 나아가 화자는 "하늘에 별과 밥을 심었던 그 후로/적당히 먹고 사는 일에 덜 미안했다"는 자연친화적 순리를 생활의 지표로 삼는다. 손수 농사를 지어 자급자족하며 그 피와 땀에 대한 긍지와 보람을 일상의 낙으로 누리는 것이다. 여기에서 "적당히 먹고 사는 일"은 분수를 좇아 욕심 부리지 않고 이웃과 함께하는 안분지족의 삶을 뜻한다.

"밥과 별이 여태 다른 줄 알았다"는 구절은 밥과 별, 즉 하늘과 땅이 근원에 있어서 동일체라는 철리를 도출해 내기 위한 역설적 전제이다. 그 본의는 바로 다음 행의 "밥이나 별이나/가슴으로 우수수 떨어지지 않을까/고개를 들어 올려다"보는 데서 확인된다. 이는 밥과 별을 하나로 묶어 가슴에 담는 내면화 과정의 일환이다.

고속도로를 한참 달리다 보면 속도감을 느끼지 못하고 무심코 관성에 의해 주행할 때가 있다. 그러나 앞차가 눈에 띄게 느리게 가는 경우, 새삼 인내심을 자극하는 속도감에 짜증을 내기 쉽다. 또 천천히 규정 속도를 유지하며 달리던 중 다른 차들이 자신의 차를 거푸 추월할 때도 불현 듯 잊고 있던 속도감을 되찾게 된다. 빛의 속도는 느끼지 못하지만 두꺼비의 속도는 금방 눈에 띈다. 이처럼 속도감은 비교의 산물인데 그 기준은 늘 현재이다(일찍이 프로타고라스가 인간을 만물의 척도로 규정했는데 거기에 인간은 속도의 척도라는 사실을 덧붙여야 할 것 같다). 속도감은 현재성을 시계추로 한 시간감각과 동의어인 것이다.

생에도 속도가 있다. 예컨대, 아이들이 소풍이나 운동회 날을 손꼽아 기다릴 때와, 늙어가며 느끼는 무상한 시간은 실제 시간의 속도와는 현저한 차이가 있다. 현대사회의 화두인 '느림의 미학'은 문명의 과속에 빼앗긴 인간 본연의 속도감을 되찾는 것을 말한다.

박광영의 시에서 속도감은 계측의 대상이 아니다. 시와 더불어 놀 때는 시간을 잊고 속도감으로부터도 해방된다. 그는 예술이 유희성에서 출발한 기원을 시를 통해 재현한다. 그에게 시가 저절로 다가오는 순간, 현실은 후경으로 숨고 시적 감성이 전경으로 부상한다. 그리하여 시 삼매경 속에서 우주자연과의 물아일체를 이룬다. 이를 두고 군이 탈현실이니 초현실이니 형이상학의 냄새를 풍길 필요까지는 없다. 박광영은 시를 통해 사물과 자아에 몰입하는 순간, 속도감으로부터 해방되어 자신도 모르게 시간의 본질에 이른다.

다시 봄날,
화포바다에 꽃 보러 가다

근질근질 바람이 스치면
언덕바지에 앉아 하염없이 내려다본다

쥐었다 편 손바닥엔 하나도 잡히지 않고
문득 눈 덮인 산봉우리 하나
저 물빛에서 우뚝 솟는다

섬들 사이 반짝이는 해협에 돌고래라도 되어 볼까
땅별처럼 흐드러진 봄까치꽃과 입을 맞출까

다시 올까 봄,
더 오지 않을 봄날인데

막막한 저 뻘은

비릿하게 더 비릿하게

온 산을 적시어 온다

아득한 봄을 적시어 온다

-「화포(花浦)」 전문

　올해도 봄은 어김없이 다시 오고, 시인은 화포바다에 꽃
구경을 간다. 봄 꽃 구경을 위해서라면 들이나 산으로 가
는 것이 상례일 텐데 화자는 바다로 간다. 그 까닭은 화포
花浦라는 지명에서 기인하는지도 모른다. 그러나 이는 화자
의 내밀한 사유와 상상력의 소산이다. 바다를 꽃밭으로 상
정할 경우, 섬에 흐드러지게 핀 봄까치꽃도 "섬들 사이 반
짝이는 해협에 돌고래"처럼 추상화 된다. 이 부분은 "쥐었
다 편 손바닥엔 하나도 잡히지 않고/문득 눈 덮인 산봉우
리 하나/저 물빛에서 우뚝 솟는다"는 구절이 뒷받침한다.
　그러나 정작 이 시에서 주목할 대목은 "다시 올까 봄,/
더 오지 않을 봄날"이다. 상식적으로는 작년에도 그랬듯
이 올해도 꽃을 동반해 다가온 것처럼 해마다 겨울의 배
턴을 이어 받아 봄이 반복되는 것은 자연의 순환론적 이
치다. 그러나 이는 거시적 시각에서의 불변의 반복일 뿐,
봄마다 그 이면에서 발생하는 변화무쌍한 세부적 현상은

현저한 차이를 낳는다.

화자가 바다에 꽃구경을 온 속내는 '반복 속의 차이'와 그 무상성을 탐색하기 위해서다. 화자 역시 내년 봄에는 그만큼 나이 들어 갈 것이며, 이승의 시간적 총량도 그만큼 줄어들 수밖에 없다. 설사 윤회의 인과적 궤적을 따라 생사가 무한반복 된다고 해도, 이승의 무수한 인연만큼은 돌이킬 수 없는 일회성을 그 운명으로 한다. "아득한 봄을 적시어"오는 그 반복 속의 차이에 대한 아쉬움은 이웃과의 관계를 새삼 반추하도록 추동한다. 박광영의 시는 그 차이에 대해 노래하는 사기史記이자 일기다. 따라서 유언처럼 절실한 현장성을 지니게 된다.

2. 시간을 초월한 현재의 창출

햇빛은 올올이 갈라지면서 햇살을 만든다. 갈라질수록 사방이 고루 넓고 밝고 따뜻하다. 아무리 잘게 갈라져도 그 기능은 더 활기차기만 하다. 그뿐인가. 그러면서도 더욱 눈을 부시게 하는 빛은 보이지 않는 소리보다도 빠르다. 수직의 빛은 볕으로 수평화하면서 지상의 음습한 그늘을 지운다. 그리고 음지에서 양지를 지향하는 민중의 주술적 기호로 상징화된다.

박광영은 빛의 올을 오래 묵은 참빗으로 빗겨준다. 그 빛이 영롱한 아침이슬에 내려앉을 때 촉촉이 빗겨준다. 그러면 햇살마다 결 고운 갈래머리를 이룬다. 그러고 나서 그는 빛에게 그늘진 곳을 이리저리 안내해준다. 곰팡이가 슨 곳, 아직도 추위에 떠는 곳, 어두운 곳마다 고운 머릿결 찰랑이며 환히 비추게 한다. 빛과 빗을 흔적 없이 결합한 합성어가 박광영 특유의 시적 언어다.

인연은 그래,
서슬 푸른 방망이에 찧어질 때가 있고
멍울만 만지며 입술을 다물어야 할 때도 있지

저녁 종소리
산허리를 넘어가듯
사는 동안
가슴속이 저물어가는 것이지

딸아이는 손가락 마디마다
누에고치를 매달고 웃는다

―「꽃물 들이다」 부분

딸의 손톱에 꽃물을 들이며 조곤조곤 사리를 일러주는 정경이 정겨우면서도 그 한 마디 한 마디 속에 담긴 의미는 깊고 각별하다. 또 "인연은 그래,/서슬 푸른 방망이에 쫓어질 때가 있고/멍울만 만지며 입술을 다물어야 할 때도 있"다는 전언은 새삼 그 의미를 되새기게 한다. 화자는 여기에 더해 인연이란 "저녁 종소리/산허리를 넘어가듯/사는 동안/가슴속이 저물어가는 것이"라고 저간의 경험칙을 미학적으로 함축한다. 이처럼 박광영은 사라져가는 풍속을 되살려 진지하면서도 어렵지 않게 생의 본질적 의미를 부여함으로써 가장 현재적 가치를 창출한다.

절경은 시가 되지 않는다는 속설이 있다. 천하의 이백도 우한의 빼어난 풍광 앞에서는 '장관莊觀'이라는 극찬 말고는 더 이상 말을 잇지 못했다. 고려의 시인 김황원도 대동강 부벽루에서 "장성일면용용수長城一面溶溶水 대야동두점점산大野東頭點點山"이라는 첫머리뿐 애꿎은 말없음표만 반복해야 했다. 내로라하던 시인들이 이국의 절경을 주제로 쓴 여행시 대부분이 평소의 기대치에 못 미치는 현상도 비슷한 맥락이다.

절경은 그 자체가 언어를 압도하는 초언어적 형국이다. 그것을 새삼스럽게 언어로 그려내는 것은 어쩌면 사족에

불과할 따름일 것이다. 그런데 정작 절경이 시가 되지 않는 까닭은 따로 있다. 절경을 전경에 두고 그 황홀경에 취해 배경이나 후경의 존재감을 잊게 한다. 이 경우, 그 압도적 취흥을 언어화하려면 절경을 배경으로 돌리고 배경을 전경으로 변환, 배경을 통해 절경의 가치를 새롭게 드러내는 상상력과 융통성이 필요하다.

　　천은사 길목
　　공손히 서 있는
　　이리저리 굽은 나무

　　하늘에 이르는 통로는
　　본시 반듯하지 않는가 보다

　　너나없이 묵묵한 사연 하나쯤
　　품어서일까

　　이런 나무를 만나면
　　화들짝 속내를 들킨 듯

　　아득한 궁륭의 뒷마당으로

몸을 사린다

저 뿌리에서 끌어 올리는 미세한 힘

굽어지는 그 찰나를
버티게 해주는 것

광안제 물빛 환하게
해가 파고든다

– 「나무의 사연」 전문

    천은사 길은 도처가 절경이다. 그런데 화자는 그 절경은 접어 둔 채, 길목에 서 있는 "이리저리 굽은 나무"에 시선을 집중한다. 그리고 평소 눈에 띄지 않던 나무의 존재감을 돌이켜, 극히 평범한 배경에 지나지 않는데도 특별한 전경으로 재배치한다. 그 유구한 생명성에 본연의 의미와 가치를 부여하기 위해서다. 이에 화답하듯 "너나 없이 묵묵한 사연 하나쯤/품"고 있는 나무는 "뿌리에서 끌어 올리는 미세한 힘"으로 "굽어지는 그 찰나를/버티게 해주는" 삶의 지혜를 화자에게 귀띔해준다. 마지막 연 "광안제 물빛 환하게/해가 파고든다"는 구절은 앞의 전경을 북돋아주는 특수 효과장치로 기능한다. 마치 고수의 추임새와 같다.

3. 경계의 시각 그 발효와 숙성

경계선상에서 안과 밖을 번갈아 보는 안목은 시에서도 대상과 상황에 따라 요구되는 필수요소다. 어항 속의 작은 물고기를 들여다보며 생명의 섬세한 비밀을 탐지하고, 비좁고 흐린 창을 열어 화창하고 광활한 바깥 세계를 응시하는 프리즘과 발광체가 시인의 눈이다. 전자가 현미경을 도구로 한 심층적 시각이라면 후자는 망원경을 도구로 한 확장적 시야다. 시인은 경계인의 위치에서 필요에 따라 각각 구심력과 원심력을 표상하는 두 개의 렌즈를 활용, 인사이더와 아웃사이더의 특성을 시의에 맞게 시로 형상화해야 비로소 장인의 경지에 이를 수 있다. 이는 안과 밖에 두루 통해야 시의 본령에 이를 수 있다는 논리와 맥을 함께한다.

시는 내면세계를 형상화하는 데 사유와 상상력을 동원하지만 그 표현은 낱낱의 단어이자 나아가 기호끼리의 매개체로 기능하는 외부의 사물을 빌려야만 가능하다. 반면

정신적 바탕이자 주체적 자아의 핵심을 이루는 내면세계의 동참 없이는 작품의 질적 내용이 보장될 수 없다. 여기에서 전자가 표현의 적절과 다양성을 담보한다면 후자는 내용의 깊이와 고차원의 수준을 담보한다.

아래의 시 「화포花浦바다에서」는 전자의 경우를 대변한다.

아득한 섬
시린 그늘 속으로 파고들어 가는
새여

아서라 새여

아무리 기다려도 오지 않을
내 눈빛을 떠올리지 않을

저녁은 이슥해지고
수평선은 어둑해진다

발자국은 시간의 함정을 헤매는 소리

머잖아 남풍의 훈기가 어렴풋이 불 것이다

─「화포(花浦)바다에서」부분

　"아득한 섬"은 "시린 그늘 속으로 파고들어 가는" "새"를 통해 원경遠景의 영역을 확장한다. 그 새는 시야에서 점점 멀어져 이윽고 "저녁은 이슥해지고/수평선은 어둑해"진다. 그리고 어둠을 밝힐 그 무엇도 "아무리 기다려도 오지 않"고 급기야 누구도 "내 눈빛을 떠올리지 않을" 것이라는 체념에 이르게 된다. 그 찰나, 화자는 급격히 퇴조하는 하강세를 "머잖아 남풍의 훈기가 어렴풋이 불 것이다"라는 마지막 행을 빌려 상승세로 반전시키는 역동성을 발휘한다.

　여기에서 그 비결은 "발자국은 시간의 함정을 헤매는 소리"라는 구절 속 고도의 묘사와 한몸을 이룬 추상적 진술에 있음을 기억해야 한다. 시에서 아무리 뛰어난 묘사도 진술의 도움을 받을 때에야 비로소 소기의 광채를 띠게 되는 것이다. 결론적으로 이 시는 박광영의 시세계가 어떤 절망의 경우에도 굴하지 않는 긍정에 터잡고 있음을 확인해준다.

　위의 시 「화포花浦바다에서」가 외부세계의 점강법적 묘사를 통해 언어미학의 진수를 선보이는 데 비해, 아래의

시 「바다와 바닥」은 후자, 즉 내면세계로 시선을 돌리고
있다

　　　섬달천에서 여자도로 건넌다
　　　댓 명 올라탄 배를 타고

　　　선미에 붙어 있는 쪽문 하나
　　　궁금해서 열어 보았다
　　　세상에서 가장 파랗고 하얀 밑을 본다

　　　그 바닥엔 ㄱ자 하나가 빠졌다
　　　바다에다 쉬를 갈기는 맛이라니
　　　세상엔 이렇게 큰 똥통도 있구나

　　　모든 것 받아주면서도
　　　냄새 하나 없다
　　　꿀꺽,
　　　시원하다

　　　구멍 속으로 바다를 본다
　　　구멍 속에는 바다가 있다

　　　　　　　　　　　　　　　　　－「바다와 바닥」전문

화자는 바닷길을 가며 그 광활한 외경을 접고 하필 배 밑 바닥에 시선을 두고 있다. 볼일 때문이 아니라 "선미에 붙어 있는 쪽문 하나/궁금해서 열어" 본 탓이다. 그러나 이를 사실 그 자체만으로 단순화하는 것은 시의 본질을 왜곡하는 피상적 오독일 뿐이다. "구멍 속으로 바다를" 보는 것은 내면의 프리즘을 통해 우주의 실상과 실존적 자아를 확인하는 궁극적 본질의 탐구를 가리키기 때문이다. 그 세계는 "모든 것 받아주면서도/냄새 하나 없"는 진리의 본모습으로 본성의 발견, 즉 견성見性에 의해 실체화된다. '구멍 속의 바다'는 내면세계의 정밀한 구조와 거기에 다가가는 방법론을 표상한 상징적 축도이다. 이는 박광영의 정신세계를 관장하는 사유의 원천이자 배경이다.

언어와 어휘력의 빈곤한 실상에 자괴감이 느껴질 때가 있다. 자신의 말과 글 속에는 무수한 유명/익명의 말과 글이 잠재적으로 스며들어 있기 때문이다. 여기서 주목할 점은 타자의 어휘뿐만 아니라 그들의 희로애락, 불만, 연민, 위선, 불안, 투사, 눈물, 광기, 자학, 한숨 그리고 그 원천인 욕망이 말과 글의 정서적 배경을 이루고 있다는 사실이다. 그러기에 누천년 집적/반복되어 온 불특

정 다수의 숨 가쁜 말 품삯을 제하고 나면 자기 말의 몫은 한 푼어치도 없을지 모른다는 위기감은 양식 있는 시인이라면 한번쯤 되새겨 봄 직한 사안이다.

시는 이와 같은 위기감과 그에 따르는 언어적 염결성에서부터 출발해야 한다. 시인은 이제부터라도 지금까지 얽히고설킨 타자 중심의 언어를 괄호 치기하고, 자신의 순수한 표현 방식을 전경화하는 습관을 길러야 하는 것이다.

낱말은 공통의 기호라 누구나 공유할 수밖에 없지만 자신의 상상력과 언어능력에 따라 낱말을 적절히 배치하는 표현에는 독창성을 발휘할 수 있는 여지가 아직 남아 있다. 표현 중에서도 직유는 대개 관용화된 처지이지만 은유나 환유, 제유, 역설, 풍자 등은 여전히 자신의 영역을 개척할 수 있는 공간과 기회를 제공한다. 이미지 역시 남다른 상상력과 직관을 발휘한다면 변별성을 경계로 하는 고유의 영토를 확장할 수 있다. 또 자신만의 사유, 체취, 율동, 감성, 미학을 시에 담아내는 작업도 가능하다. 이것이야말로 시인의 특혜이자 존재 이유이다.

> 가질 수 없는 것들의 목록, 명명된
> 숫자는 뛰쳐나오려 존재하는가

끝이 하늘을 향해 파고든다

구름 조각들이 흩어지고 쏟아진다

어디서부터 잘못 읽은 것일까

팔목을 잃은 날짜는 고개를 갸웃거린다

약 속의 병, 병 속의 약을 들여다본다

의자와 만년필과 달력을 발바닥으로 뭉갠다

낡은 발톱을 세우고 병의 몸을 문지른다

숯불이 벌겋게 타오른다

시시한 목소리들만 모으는 대장장이는

담금질을 곧 시작할 것이다

비 오는 수요일은 날마다 돌아오고

매일 얼굴을 바꾸는 내일은 대팻밥처럼 얇게 운다

손이 닿지 않은 심연과 우주와 인연에 대해

나와 당신은 할 말이 많다

— 「약병의 하루」 전문

"가질 수 없는 것들의 목록, 명명된/숫자는 뛰쳐나오려 존재하는가"로 시작하는 서두부터 그 언어감각이 범상치 않다. 이와 같은 현상은 16행의 길지 않은 시 도처에 포진해 있다.

- 끝이 하늘을 향해 파고든다
- 구름 조각들이 흩어지고 쏟아진다
- 팔목을 잃은 날짜는 고개를 갸웃거린다
- 약 속의 병, 병 속의 약을 들여다본다
- 낡은 발톱을 세우고 병의 몸을 문지른다
- 시시한 목소리들만 모으는 대장장이는
- 비 오는 수요일은 날마다 돌아오고
- 매일 얼굴을 바꾸는 내일은 대팻밥처럼 얇게 운다

눈에 익은 평상의 언어습관과는 결이 다르다. 일련의 실험적인 시도로 보일 수도 있지만 그러기에는 추상과 감각이 자연스럽게 조화를 이룬 언어세계가 구김살 없이 농익어 있다. 이를테면 김장김치가 발효단계를 지나 먹기에 알맞게 숙성된 경지에 비길 수 있다. 그동안 박광영이 연마한 언어미학의 참신한 경지를 실감케 한다. 그리고 그 바탕에는 특유의 건강한 서정성이 탄탄하게 자리 잡고 있어서 그의 시적 언어영역의 확대를 견실하게 뒷받침한다. 이 부분은 박광영이 추구하는 시세계의 도약과 광역의 입지 구축을 시사하며 이후 전개될 그의 시적 독창성에 대한 기대감을 증폭시켜준다.

인간관계는 사람과 사람 사이의 친소와 신뢰, 공조를 척도로 하지만 인과관계는 인간을 비롯한 사물이 야기하는 사건의 원인과 결과를 가리킨다. 그러나 가끔 그 용도를 혼용하거나 해석상 동질의 어감으로 이해하는 경우가 종종 있다. 인간관계는 효율적 인과관계를 제일의 요건으로 한다. 원활한 인간관계를 위해서는 만남, 인연의 돈독한 유지, 신뢰의 형성 등 건실한 인과관계가 선행되어야 하기 때문이다. 인간관계와 인과관계는 불가분의 긴밀한 공조 체제를 이루어야 하는 것이다.

등을 구부리며 천천히 다가온다
물기를 빨아들이는 넓은 품을 가졌다

속을 헤아리기 어려운 표정
비로드의 망토를 휘두른다

잠 못 드는 밤의 동행자

흰 손바닥을 보여주었고
그건 슬픔의 윤곽, 받아 적는다

둥글고 둥근 사각형들이 소요하는 거리에서
우리는 서로를 만지고 또 어루만지고

오랫동안 침묵한다
눈빛을 마주 본다

왼손에서 날카로운 뿔이 자란다
거룩한 밤의 경계는 알 수 없다

― 「밤의 경계」 전문

사회생활은 자아와 타자의 만남과 결속을 통해 성립되는 만큼 누구나 자아 속에 일정 부분 타자를 품고 있을 수밖에 없다. 그런데 그 타자가 자아 속에 숨어 알게 모르게 사사건건 나름의 개입을 하게 된다. 실제로는 타자가 의도하지 않은 터이지만 결과적으로 묵시적 영향력을 발휘하는 것이다. 타자와의 친밀도나 신뢰가 강할수록 자아는 타자를 의식하게 되고 타자의 개입 농도는 짙어진다.

위의 시에서 "등을 구부리며 천천히 다가"오는 타자는 "물기를 빨아들이는 넓은 품을 가"진 존재다. 그런데 그는 "잠 못 드는 밤의 동행자"이며 "둥글고 둥근 사각형들이 소요하는 거리에서" "서로를 만지고 또 어루만지"는 존재로 은밀히 자아에 편입된다. 그리고 "오랫동안 침묵" 하며 "눈빛을 마주" 보는 사이로 관계가 깊어진다. 그 타자는 자아의 언어세계에 깊숙이 참여하며 시를 통해 그 내재적 실상을 추상적/우회적으로 표출하게 된다. 자아는 자타가 공유하는 언어의 밀실인 것이다. "거룩한 밤의 경계는 알 수 없다"는 구절은 타자가 공존하는 무의식과 자아가 주체인 의식의 병합 현상을 이른다.

4. 긴장의 언어로 쌓는 시의 탑과 담

박광영은 시의 길이에서 탄력적으로 신축성을 발휘한다. 그 결과물인 시들은 대부분 20행 이내 혹은 10행 내외의 것들이다. 그 특유의 가락은 시의 길이에 구애 받지 않고 유장한 음악적 배경을 이루는데, 이는 오랜 시간에 걸쳐 체질화된 남도 가락과 다르지 않다. 또 하나의 특징은 길이에 관계치 않고 치밀한 긴장을 유지한다는 점이다. 그 밀도는 특히 그의 짧은 시에서 두드러지는데 이 경우, 그의 시는 함축을 통해 다의성을 획득한다. 아래의 시는 4행의 짧은 형식을 빌려 참신한 함축미를 선보이고 있다.

석류알처럼 반짝이던

그이의 고른 이를 생각한다

문득,

유월의 저무는 무렵

－「문득, 유월」 전문

　이 시는 "유월의 저무는 무렵"에 "석류알처럼 반짝이
던//그이의 고른 이를 생각한다"는 구절이 내용의 전부
다. 그러나 '문득, 유월'이라는 제목부터가 예사롭지 않
다. 유월은 단순한 '시간기호'가 아니라 "저무는 무렵"의
지시어로 6월이 지닌 기억/추억을 현재로 소환하는 통시
적 '시간장치'이다. 시인은 "문득,"이라는 돌발적 시간을
추동하는 부사어를 빌려 6월이 함의하는 특별성을 부각
시킨다. 여기에서 "그이"는 첫사랑/연인의 범위를 넘어
서서 광의의 확장성을 숨기고 있음에 유의해야 한다. 그
배경이 6·25나 6월 항쟁으로 확장될 경우, "그이의 고른
이"는 역사 속 '민중의 입'을 상징하는 공감각적 이미지로
승화한다. 다음의 시 고드름은 3행으로 「문득, 유월」보다

도 더 짧다.

　말하는 법이 없다

　투명한 네 심장은

　뚝뚝 흘러내릴 뿐

　고드름을 주제로 침묵의 의미를 전경화한다. 이는 언어의 절제를 극대화하기 위한 고도의 전략이다. 고드름은 물/언어가 침묵으로 응고된 현상이다. 흔히 바위를 단단하면서도 차가운 침묵의 상징물로 보는데 고드름은 바위보다도 더 차다. 그러나 햇볕에는 쉽게 녹는다. 바위가 천년을 한결같이 침묵을 고수하는 데 비해 고드름은 머지않아 실현될 해빙/언어화의 소식을 제 몸으로 껴안고 있다. 언어의 전후가 침묵이듯이 언어의 모태인 침묵 속에는 준비태세를 갖춘 언어가 시적 형상화의 인자로 자리 잡고 있는 것이다.
　이처럼 둘이면서도 하나인 침묵과 언어의 유기적 인과관계를 화자는 단 3행으로 함축하고 있다. 마치 선가의 화두를 연상케 한다. 주절에 속하는 "투명한 네 심장은"

은 위의 행에 붙거나 아래의 행에 붙거나 나름의 역할을 수행할 수 있다. 그런데 화자는 이를 굳이 세 개의 행으로 벌려 놓음으로써 함축의 묘미를 선물한다.

시에 대해 한 마디로 정의하기는 어렵다. 지금까지 무수한 시인과 논자들이 이 난감한 과제를 두고 갑론을박해 왔지만 아직도 시의 실체에 대한 물증을 확보했다는 소식은 들리지 않는다. 어떤 면에서는 잡다한 시론이 쌓일수록 오히려 시는 그 본질에서 멀어지고 있는지 모른다.

신이나 진리와 엇비슷한 시의 미묘한 정체에 멀미를 앓으면서도 시인은 자의 혹은 타의에 의해 나름의 질적 층위를 매기며 독자들과 시의 불확실성을 공유한다. 그 존재를 부정하기에는 워낙 중독에 가까운 시의 마력과 끈질긴 생명성이 각별하기 때문에 여전히 독자는 시를 읽고 시인은 끊임없이 시의 비의에 다가가기 위해 구도행각 못지않은 치열을 바친다.

박광영도 그중 하나다. 그 역시 시의 실체를 확인한 후, 시에 매료된 것은 아닐 것이다. 또 교과서적 시론이 확연히 정립 된 이후부터 시를 쓰기 시작하지는 않았을 것이다. 그러나 시의 예술적 가치에 대한 확신과 시적 열정은

누구 못지않게 확고하다. 이는 갈수록 실익과는 거리가
먼 시의 현실적 한계 속에서도 그가 첫사랑의 이름/그림
자처럼 시를 놓지 못하는 이유다.

무인도에 가고 싶다

바다 내음만 안개처럼 감싸오는 섬

치자나무 한 그루 가져가고 싶다

백설기처럼 하얀 꽃,
꽃망울 하나에
노랫말 한 구절

새기고 싶다
가느란 칼금을 그으며
노래하고 싶다

치자꽃 향기
저 무량의 바다 너머
아라리

아라리 홀로 간다

— 「치자꽃」 전문

"무인도에 가고 싶다"는 막연한 희원으로 시의 문을 연화자는 "바다 내음만 안개처럼 감싸오는 섬"에 "치자나무한 그루 가져가고 싶다"는 조건을 붙여 미지의 상황을 구체화한다. "치자꽃 향기/저 무량의 바다 너머/아라리/아라리 홀로" 가는 화엄의 세계를 구현하려는 것이다. 여기에서 바다가 무한궤도를 변화무쌍하게 순환하는 우주의 생리를 뜻한다면 섬은 그 카테고리 속에서 원천적으로 고독할 수밖에 없는 인간의 운명적 속성을 상징한다. 박광영은 이번 시집에서도 외향적으로는 이웃과의 따뜻한 공존과 아름다운 사랑을 추구하지만 그 속에는 인간 본연의 숙명적 고독이 정서적 바탕을 이루고 있다. 그러나 화자는 무인도같이 삭막한 세상을 치자꽃 향기 그윽하게 가꾸고자 한다. 시인의 본분을 일깨워 스스로에게 시인의 자격을 부여하려는 것이다.

모나지 않고 둥근 돌만으로는 탑을 쌓을 수 없다. 담도 마찬가지다. 시는 모난 돌을 요모조모 아귀를 맞추어 쌓은 탑과 담이다. 여기에서 탑은 정신의 높은 경지와 시의 수준을 가리키며 담은 다른 시와의 변별력을 기준으로 한 특유의 창의력을 가리킨다. 시인은 이 두 개의 시적 구조물을 끊임없이 높고 탄탄하고 아름답게 쌓아나가야 한다.

최동원이 임종의 순간, 손에 꼭 쥐고 있던 것은 야구공이었다고 한다. 그 공은 삶의 총체적 의미를 둥글게 압축한 상징물이었다. 신앙의 대상인 불상이나 십자가보다 더 직접적/구체적이며 절실한 생의 징표였다. 모름지기 시인이라면 임종의 순간, 최동원의 야구공처럼 마지막 한 편의 시를 지상의 상징물로 가슴에 꼭 안고 가야 할 것이다. 박광영은 그런 일념으로 오늘도 첫새벽 기도문과 같은 시와 생의 여정을 동행한다.

박광영

광주에서 태어났다. 2014년 계간 『시와정신』 신인상으로 등단했다. 시집으로 『그리운 만큼의 거리』가 있으며 수필집 『제대로 가고 있는 거야』를 펴냈다. 2019년 『시와정신』 시인상을 수상했다.

발자국 사이로 빠져나가는 시간

초판1쇄 찍은 날 | 2022년 12월 12일
초판1쇄 펴낸 날 | 2022년 12월 26일

지은이 | 박광영
펴낸이 | 송광룡
펴낸곳 | 문학들
등록 | 2005년 8월 24일 제2005 1-2호
주소 | 61489 광주광역시 동구 천변우로 487(학동) 2층
전화 | 062-651-6968
팩스 | 062-651-9690
전자우편 | munhakdle@hanmail.net
블로그 | blog.naver.com/munhakdlesimmian

ⓒ 박광영 2022
ISBN 979-11-91277-60-9 03810

• 이 책은 전라남도, 문화재단의 후원을 받아 제작되었습니다.